水晶空間

近藤摩耶

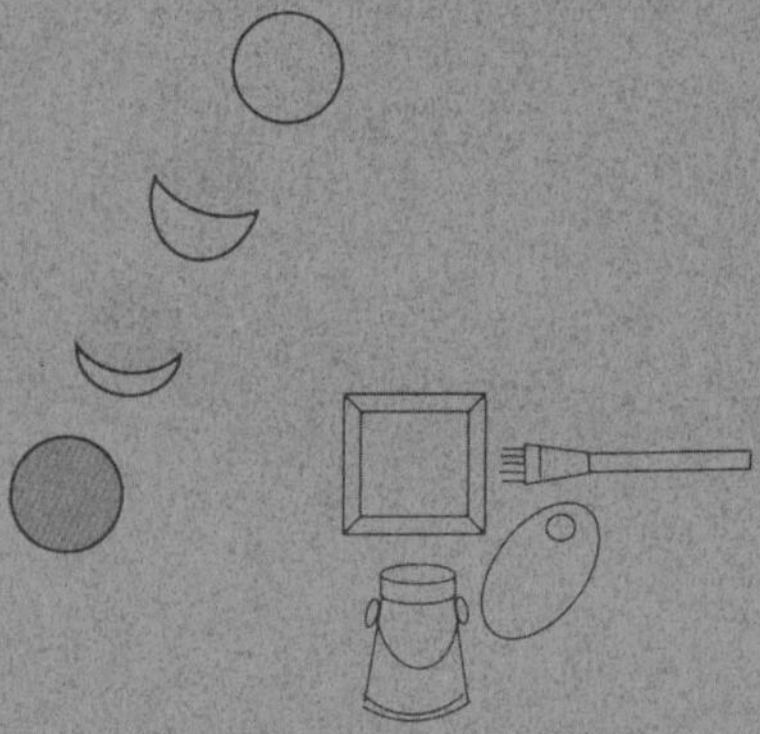

思潮社

水晶空間

近藤摩耶

思潮社

目次

ここでいまを

そしてそらのゆめ

めぐるいまとこれから

カバー写真提供＝六甲高山植物園
装幀＝思潮社装幀室

水晶空間

ここでいまを

構図の朝

深緑の骨組みが立つ橋を
錫箔の列車が通過し

身じまいをし
精いっぱい急ぐ人達が　うすい渦をつくり

針金の自転車を寄せ合い
ちょっと言葉をかわしてすぐ別れる
中学に入りたて位の男の子と女の子　その時間しかない大切な接触

昨日の夕霞が置かれていたところ
ひとつの夜をはさんで
乳色に明るみ

銀紙をめぐらせた野球場はまだ目覚めていない
体力知力を尽くした長くて短いかもしれない戦いの場は
じっと待っている

白い雲母のバスも行く
空港へ　遥かな粒の航空機へ　あの健康な行先地へ

総ては
額縁に入った
川の両側にある町の絵のなかで

曙光反射

朝闇から　つと左向かいの壁が
赤く光り　赤みが続くあいだ
一心に見入り　息をつめて生きたことがある
やがて違う建物の右側から　まぶしい日輪が顔を出し
さえぎるものなく昇って行く
それは大空をなかばまで運行し　昼を過ぎ
ひろびろとしんかんと
午後を渡り

ただ呼吸していい

体液が循環し
健常な規則性が戻りさえすれば

家の前で朝の空気と時報の鐘のなか
首飾りにする小さな金の匙を拾うこともできよう
樹齢もはっきりしないヒマラヤ杉の
遠い梢を見あげることもできよう

斜めに低く傾けば
遊ぶ雲がひととき勢いづき
急ぎ足に青いまま去って行こうとし
フルートに似た楽音が響き
天に濃紺がおとずれる

あしたの初めての神話の在りかまで

彩雲

私がうすべに色だった頃は
両開き戸と横木上げ下げ窓の市街電車が走り
飛行船がふくらんだ体を運び

共同日覆いの市場には
豆や餅も売る米屋や
茶碗や小鉢などの瀬戸物屋や
八百屋や豆腐とすり身を揚げるおかず屋が並び
おつりの一〇〇円玉に五〇〇円玉が混じっていて返し

店主と笑いあったことも

私がりら色の今は
深皿型会議場の屋上にヘリポートをもつ国際施設に
人の影が出はいりし
客観的理論的分析と応ずる予測がなされ
たちどころに正確な区分図や色図表が出現し
間をおかず次々に各種機器が作動し

日は翳りかけ

ごくまれに

中空で
縦に虹色に染まった雲が息づき

不可思議にも
妖しく揺曳する

老舗百貨店　ふぃるむたうん

目の前に金網があらわれ
網目をすかし
白い記号がいくつも書かれた舗装道路がくだりになり
つきあたりに広がるひらけたまち
そこは知っている
箱がかさなり箱のるつぼ

百貨店の服飾うぃんどうに
最新もーどを装った顔のない青年紳士と美人女性

最先端で働き生きる都会人たち

一階の大きな硝子に道行く人が映り　刻々と動いて行く
歩道の植栽の手前を行く自転車も
葉陰をもつ街路樹の向こうを走る大型車や乗用車も
像は何層にもなり　それぞれの速さで通りすぎる
硝子に映る透明な静かさも幾分ゆらぎ

ばりえーしょんこーひーの泡立つかっぷと
くりーむを挟んだ焼菓子の組み合わせの　立て看板が出て
喧騒のない屈折率のうつりこみたうん

雨になり
とりどりの透けた傘が信号をわたる

坂道はかすみ
金網に雨が降る

老舗百貨店　人と人型の歩行

百貨店の窓に人型が最新もーどを装い
一方向を見つめる
合成樹脂の曲線椅子が二つ静かに展示され
人型がふと動きだすと　高架下のうす暗い歩道に
人工知能は搭載されていない
すぐ横を人が通りすぎ
互いに微笑はしない
共通項を少しだけ意識し
人はある人を思い
何かしてほしいか　何かしてくれることを望んでいるか

いや望んでいない　本当か
人型は街中の古い真みどりの神社を左に折れ
見える距離の駅に向かい
駅前の量販店へ吸いこまれる
人はおとなしく礼儀正しく横断歩道をわたり
空は澄み
木木の枝から光と影が交互に散らばり
きのこの胞子や微細な隕石も
中心核となり　雲をつくり
人は今しがた陽を受け歩いた事を想い出す
あんだんて　歩く速さ　人の　人型の
人　霊長目ほも属さぴえんす種　地球上に一種
は長調　装飾音　花柄珈琲茶碗
有機野菜　遊歩道　植物図鑑
植生と共存

惑星市街

半間幅の化繊布が陽光をさえぎり
小さな部屋のいつもの机で
光るささやかなものをつくりながら
一方で選択し消去する

時間の冷厳な連続した軌道にのせられ
目標は逃げ水となり　もくろみと読みが行き違う

モノクロームの土手に菜の花が咲き乱れ

メトロノームに合わせて生きる
メトロの入口へ急ぐ

間に合うか合わないか　は
ほんの少しの　とてつもなく大きな　違い

公園に造成された草花と石の小庭から
張り子の獅子がいつまでも睨み
柵の内から見るとまるでこちらが檻の中

出来上がりは保存し
いつでも取り出せるように整理する

アンドロメダ銀河と融合する前の　天の川銀河の
渦巻き楕円の長半径のほぼ半分に在る太陽系の

この青い水と空気の天体の
ヒト
の
集合

夕日旅行

日は今しも沈もうとしながら
とび乗った列車の
腰掛け　つり革　窓枠　広告　を
あたたかい金柑いろに満たし
そしてもう　一気に
夕日列車にしてしまう
走り去るホームセンターもごみ処理場も
静かな物流倉庫さえ
次次に駆けぬける速さで沸き立たせ

夕暮れが煙で近づき暗い影から矢印が出て
あいまいな時がすすむと街は違う音符を装いはじめる

嬉しそうに寂しそうに
それは同じこと
いつか平らに重なる

このまま行き過ぎ
青空の奥で別の天体が消滅するように
最期の耀きから明るさを失い
それでも
幾多の中の一つが減ったにすぎなく
平穏に何ごともなく

このままずっと

晩夏

長く眠ったようだ
頭上に居すわる低気圧が去り
足元から高気圧が張りだすまで

目覚めつつある草の上のたたみ
古風な柱が並び
仏像が微笑するほの暗い心の地平
詰まった涙の固まりはゆるみ
和紙灯りで暮らす

こげ茶の欄間と
青みを増していく
遠い嵐
わずかずつ確実にこちらへ

身じろぎもしない建築の
　美と健康の快適空間
　世界最大級・天然温泉
広告から数十センチに
赤い火星が見えたのはいつ

亡くなっていく夏に
やさしいたんぽぽ珈琲を手向けよう
亡くなってしまったとき

あるのは秋か春か
まだ思いつかないのだから

新装工事と月

路面電車の終点の
乗降場はさびれ
風が虚しく
赤錆びた線路わきにひと群れの鬼げしの花が
中の黒っぽい斑点をみせ思い思いの方へたわみ
それが
少し離れた場所に新しく停留所ができ
灰白色の爽やかな乗り場に
一メートルほど広げられた歩道と

心地好いきれいな小道が清潔に浮かびあがり
ただ
それなりに普通に過ぎた年から
一転し日ごとに知らされる感染者の数
各分野の科学研究の日夜の闘いが功を奏する日を
為政者の周到な間断のない手配りを
乗り越えた未来を希求し

まだ強く光る夕陽の真正面の　昼のような空に
昇ってきた薄い月が
上弦を過ぎ
一過性に遮られることが約束された満月に　近づく
そして更に歩む
太古の大きな月より小さくなった
今の大きさで

なお
遠ざかりながら

かつてからいまへ

林間雪坂道

雪が降りしきる林の　坂を踏みしめ登る
葉を落とした木木が埴輪の腕のように立ち
どこまでも　まだまだ登る
この上に行かなければならない
家からは遠いここで　仕方なく足を交互に出す

都市部の高くない山すその疎林
白い冬を知っているチャイコフスキーの
あの旋律を　探し「舟歌」と分かった

あれは六月の　源は同じ侵攻しされる両国を通る川かもしれないが
学童期も二十代も
いつもこの雪の林の坂道を登った
明日もこの雪道を登らなくてはならないと　今も夢うつつに思う
身に染み付いた私の雪は　あくまでうす暗く
音もなく降りつづく

だがそのとき雪は　急に止み
辺り一面落ちて来なくなり
気づくと　西の空に金色の雲がはりつき
今日の日が暮れていくことを
知らされる

遠い地で今

暮れる日がもうあんなにたくさんはないと
ノスタルジーが
ささやく

おののきながら

氷晶都市

空気塊が発生しそれが動くとき
気象観測は念入りに正しく厳しくなされ
情報はただちに送られ多くの電磁波が飛びかい
各地の飼育牛の耳標をふるわせ
鳥達を陰の宿りにおもむかせ
都市の形態は電光掲示板のみならず
幾つかの彩りと角度に表わされる
そこは氷でできた旧い街
図書館の入口階段の手すりも手袋なしにはさわれない

地面が斜めに凍結し噴水も止まり
靴の裏全体をつけ足先を心もち外に向け小幅で歩くよう留意し
氷だらけの前世紀の街
だがそこに今もいる母と私　父と私　祖母と私　祖父と私
ここは見あげる限り晴天
低いビルとビルのすき間にも青さが張りつめ
快晴かとみると東にだけ屋根すれすれに雲が横たわり
この青みはどこかでいつか思いきりひたった色合い
建物の一階のかどに近い部屋の大きな窓から
銀杏並木をはさんで向こう隣の建物の玄関前駐車場が見える
スチームはあるが上着やセーターが欠かせない
白が主流だがその他たくさんの車のボディに日が当たり
はじき飛ばす光の点列
綺麗な放射から未だ見ぬ首都や自他を連想し何秒かよそ見をする
上は久しぶりの晴天　それがこの青み

時も距離も超えて
同じ光と色合い

ポプラの方角

まだ薄い赤と水色のまだらの残照があり
照明係に漸減され
うす青紫の扇が狭くなり
庭のかどの
二本のポプラが見えるあたりから
小川が流れ出て
月明かりに
水流はこちらへ向かい小岩をはねて来る
いつかの大きくなだらかな山の

ふもとに流れていた川
さわさわと今もさわさわと
ポプラは赤い三角屋根の白い家にあり
誰もいない夜には子供の声がする
向かいに祖父が黙って悠々と坐っている
今までどこかに行っていたが
帰ってきて
魚拓や湖の写真額がある茶の間の
窓ぎわの
いつもの居場所にいる
祖父のいない長い空白があったような
やはり川を見ている
庭の牡丹が葉脈の色素を浮き立たせ
伸ばしたいくつもの手が透けている
川岸が庭の中央と透明に重なって

合唱が起こり
輪唱となり
声の波が
広がる
水滴が夜気に光りながら
素焼きの壺を
ひび割れから救うだろう
未だ覚めきれない瞑目の
蘇ることへの望み

麗しい生地　飛来する

ある朝　不意に
季節が変わった
取り返しのつかない喪失の
変化そのものの様相を帯びて
突き当たりの空に
白い帽子があらわれ
つばの縁に
リボンが尾を引き
ゆらり旋回し

遠い日日へと
還っていく
私のはるかな過ぎた祝祭

今は無い　かけることのできないレコードが
回転しとめどもなく反復し
いつかの赤い薔薇と大きな平たいロウソクと
形のいい地味な陶器と
スカーフや衣装が
ほのかに微笑する

再びその傍らに身を置くことのできない
過ぎ去った　時　の上に立って

飛来する　時

生地のように
オーガンジー　チュール
ジョーゼット　サテン
デシン　シルクウール
レース　ジャワ更紗
未来の記憶となるために

麗しい生地　海のそばの

私たちがここに何度もきたのは
もうどのぐらい前になるだろうか
蘇鉄やカナリー椰子の庭と白亜の城のような建築に
朝からシャンデリアが輝き　中の祝祭は見えない
すぐ裏手から海風が浅緑の香りをもたらし
とらえようのない幽かな粒子がただよう

音楽ディスクが波動をうみ出し
きらびやかな時に臨んださまざまな生地の
シフォン　クレープ　ジャガードサテン
ケミカルレース　ラメレインボウ　エナメル
あまたの分子がここから飛翔し

ずっとあとに

陽射しは変わらず降りそそぎ

いつか
煩いも消えてなくなり

真珠いろの安らぐ静けさが横たわるのを見つけるかも知れない
私が私たちとしてきた数少ない海のそばのここ

そしてそらのゆめ

虚空展示室　視

あれだ
あの現象が空に

桜や黄や灰色の細かい模様の
長四角の大きなものが
どんよりした中空に
はっきり浮かび
四隅がめくれるように
ひらりひるがえり

前にも見た気がし
またと思う

世の中が進んだから
今はこのようなものもどうかすると見られる
何十キロ離れたどこかが映し出してくれるとか

下地のあくまで均一な空は
夜ではないが時刻が分からない

張りつめている緑がかった鉄色の混じる混濁した青は
空気があるようには見えないが

空に浮かぶ彩色された大きな織物様のものを
裸眼で見つめる　こんな時代になっている

虚空展示室　距

羽をたたみ
中空の止まり木に
足と体をのせ
時折のどからくちを
かうかうかうかうかうと見える開け方でふるわせ
しかし声は聞こえない
どんなに勇壮な声なのか
ただ見えるだけ
鋭く曲がったくちばし

広げれば十メートルはありそうな両の翼
白い全身に金茶色の縞模様がかすかに入り
全体には極くうすい黄色に見える大きな禽類がこちらを見おろし
身の危険は感じない
襲ってくる感じはなく
高貴な上品な雰囲気をし
孔雀のように色鮮やかな羽はなく鳳凰のように長い尾もない
それにしても

見える低い雲までは六十キロメートルほど距離があるという
空中のそこまで距離はどれほどなのだろう

この現象がどの位続くのか　何も分からない

住居未知数

二階の廊下の奥に
くすんだ階段があるのに気づき
何げなく昇ると

部屋がたくさん

きれいな畳の充分休まるいくつか
と　結構広い板敷の間
そこは

大きな窓二つと小棚　空へ出る戸
夫も隣で目を見ひらき
顔を見合わせ

ここあなたの書斎にいいわね　声がはずむ

い草マットを敷き
和風の渋いクッションを置こう

せまい所が好きな私は
いちばん小さい和室を新書斎に

楽しみがふくらむ

戸を開けると

亀の甲羅のような有人ドローンが
行き交い
発着場もいくつか見える

見わたす
空に

何種類かの飛行物が
見え隠れしている

しののめ

まだ薄暗い空に
天馬が駆けていく
かすかないななきもなく無音で
ほのかに口を開き笑っている
そう見えたのはひとときの
口をきりと結び　前をひたと見つめ
大空は明るみ
やがて半鐘に似た空耳もきこえるだろう
あたらしい一日に先がけ

気高くどこへ
深い水をたたえた向こう岸のその向こう
そこにいる私は死人
寂しいジャズがかかり
なだらかな何の変哲もない日日に
戻っている
重く沈殿し　たゆたっているものに
伍することができている
輪郭はゆるみ
細長くじっと立ち
耳を立てたロバの首がついた鉢入れに
うすももいろの花の鉢を入れ
青い風鈴が音をたて
はっか草が増え広がり
そのために

春の葉は摘みとらず
そのままにしたのだった

めぐるいまとこれから

幾何学的循環

花の接写写真が拡がり
向きの違う円錐と台形が二つずつ

人を山の病院に残しふもとから離れた町へ帰る　夕照りの林を降り
明日また来るまで残像がただよい
夕闇になる直前　落日の反射が郵便ポストを燃えたたせ

夜の駅構内は冷気がうす緑の夏態勢
旅先の森の夕陽と近郊美術館の催しの車内広告が虚ろに

乗客はしろくなめらかな顔の人形で座席につき
駅口からあふれ出
歩き回り　挨拶し　手を振り　笑みを交わし
足を隠す長いスカートも　ネクタイもスーツも
人は皆人形として行き来する

新しさが古び
古びれば新たによみがえり
めぐる日日に従い
いつかの独りとこれからの独りが交錯し

花の接写写真の拡がりに還り
向きの違う円柱と菱形が二つずつ

日傘植物園

薄いレモン色に緑の濃淡の
日傘がある
日傘の模様のなかに入り　なぞりながら行く
そこは市の中心部にある多くの植物を配する公園
程よい芝生を抜け
木々のあいだに
泉が湧く流れがあり
昔からのくり抜いた橋がかかり
向こうに弓なりの門がある薔薇園

あけぼの色が特に香りが強く
八重や複色もそれぞれ芳香を放ち
新聞や報道からとった思いがけない名前を思い出す
「インターナショナル・ヘラルド・トリビューン」
「ニューデイリーメール」「モダンタイムス」
奥には公園ができるずっと前からの
なるべく元のままに保存する自然林が茂り
園の端の柵は見えないが
そこで行き止まる
道を戻り　ふちを回って
ゆっくり　初めに帰る
と
日傘の上の暑熱はいつか
いくらか涼しく過ごし易く
やわらかに変容していた

月末ベクトル

黄色い夕焼けが広がり今月が終わる
意識に浮かぶのは
昔張りこんで買った服を見つけ洗いアイロンをかけ
ローズヒップの酸味のあるお茶を飲んだ
なつかしい帰らない昨日　いや今日のたった今
なつかしい今　生はぎざぎざ
ただそれだけの目になじんだ湾曲した線をたどり
夜を日に継ぎ正のベクトルを選び抜き　守り
色彩の傾きの向こうに追いつきたいと

まだいくらかの雲と柑橘類の混在を見ながら
浅い陸橋をわたり時の端子をつかんだまま
過ぎていく今を求め続ける
もう少しだけ
残された今月に

あるのは
ぎざぎざの生

明日は
雨か雨曇りか
それとも
願えるなら
朝八時の晴れやかな青空に半円の月

見つかる

失ってしまう　いつも大切に思っているのに
消えていく　日日いとおしんでいるのに

棚のかどと床のあいだに
留め金の一部らしいものが

銀の枝に桃色　濃紫　紅赤　薄水色　面取りした輝く石の花
小学校の卒業式に買ってもらった初めての本格的装飾品　ブローチ
造花飾りのように上着の襟に立てて付ける

大人になり肩掛けをとった途端　無いのに気づき
ずっと探していた

計り知れない心の時間を飛び
こうして帰って来てくれた　その
縁

と思ったのに　それは留め金ではなかった

ブローチは今も見つからない

だがいつか
似たものが　そっくりのものが
見つかるかも知れない
失ったものと瓜二つのものが　また　ふと

そのような
螺旋形の　縁　により

遠景

アルトサックスが沁みこむ
昼過ぎの室内
壁かけの一面のれんげ草に
平たくなりじっとしていたのは　いつの私

いっそ窓枠の芯のあたりに
極めてうすいテラコッタ色の
幻影を虫ピンで留め　そっと放置していたら
いやそうではなく　すぐにも虫ピンを外し

遥かな背景にかざし　しんと見つめていたら
心に棲みついた図柄は
紗のスクリーンに映ったまま
私を苦悩させた

いずれにしても
空には侵しがたい氷の彫刻がきびしく定まり
ものみな　あのつめたい明るみに
行くことになるのだから

いまは　とどまり

れんげ草で一杯の壁かけを背に

始まりのころの微風に吹かれていよう
心をすまし

復活と鼓動

時局の動きが和らぎ
看板も所所入れ替わる

日付変更線の向こうでは
知りえない日射しが移ろい
見えない花木が育ち
触れえない動物が眠り

伏していた私は

そっと身じろぎし
姿勢を起こす

目の前は繁華な
射的や矢場やレトロなゲーム機と
十六ビートがあふれる街

習ったのは思い出せないのに
ひとりでにうながされ
いつの間にか私はタップダンス靴で
拍子をとり重心の平衡を保ち
屋外にまで敷かれた丁寧な板張りの床面を
踊り進むことができ
すこしも疲れずどんどん運ばれ

きれいな道はずっと続き
街の外れを出てその先もきっと平気

このままどこまでも
行けるだけ行ってみることに

樹木時間

めったに通らない横道に
さるすべり

卵状の葉が二対ずつ互い違いにつく枝の　先に
淡紅色にほんの少し橙色が混じり
独特の中間色のちぢれた小さな花のかたまり
幹はすべすべ　実際には猿は滑らずのぼるという
先端に花をつけた長い枝が十数本　明るみへ

すぐ横の国道は
ホテルや高いビルで陽光がしっかり届かず

花と葉は時に影絵となり
中心から外に向け樹の精がただよい出
アンダンティーノ　歩く速度よりやや速く
花と同色のさらさらした丈長の衣装と
葉で編んだ冠と

ひとの姿態で
コンテンポラリーに近いモダンダンスを
回転し　跳躍し　指先まで表情を行きとどかせ

動きにつれ

時間は
未来へ　未来へ　と
この国の　この場所も　進んで行く

鳥のモビール　飛び行く

季節のない見晴らし台から　今しがた
白い大きな鳥のモビールが
飛び立った
楕円形の長軸に向けて

雲の水滴は零度以下のまだ氷っていない粒子が
熱を出して一旦零度になり硬い透明な氷になるまで
過冷却を保ち　口を開けた大きな海洋生物となり
時おり遅い陽光が入って目となり輝くなかを

飛び継ぎ　飛び越え

見覚えのある惑星とめだたない月を隔てて
身に付いたもはや聞こえない音を脱ぎ切り
菱形を散りばめ織り上げたつづれ織の曲を
着なおそうと
電気自動車とループバスを持つ
繁華な色硝子の街を翔り
西方へ
安息の垂線へ

まるい頭　くちばし
羽はいくつか継ぎ合わされ
中ホールのロビーのシーリングファンを

微風のままに
ふわりと　くるりと
回るだけの
日日を
想起しながら

鳥のモビール　百合の木から

上空に気圧の谷がきて
百合の木の下の小さなバス停にかすかな風が起こる
時が経ち
西に山がある街では
山の向こうにいち早く日が隠れようとし
旗のぼりがひるがえり
書かれた広告にしわが寄り

白い鳥が飛んでいく

体に継ぎはぎがあり羽を開いたまま
今しがたまで
中ホールのロビーの上で
天井扇風にくるりとふわりと回るだけだった
鳥のモビールが

ひいらぎの葉枝をくわえ
洩れてくる円舞曲に押され
赤や青の電飾がひかり
人が熱いチョコレートを飲み
紙芝居や朗読劇を鑑賞する
にぎやかな生誕祭の集い
を
過ぎ

それは遥か先から振り返る
ずっとむかしの油彩のなかの
鮮やかな色調のころのこと

ドビュッシーの「夢」

明るい午前なのに　夜でしかない闇でしかない
街灯もなく底冷えがし

ドビュッシーが二十代で　外光を思い　心のかたちを取りだし
フィリップ・アントルモンがそれを感知し指さばきで示す
今までになくひたひたと止まることのない雫を　そのままに
どんな時も追いすがらない自分を　その震えるあきらめを

サファイアにペールピンクが混じるようになり
まだ　残されているもの　決まったわけではないものに
かけてみよう

しだいに
気持が
整い
コンパクトディスクが終わり　音が消え

立ちあがる

通過地点

透きとおった羽根をもつ山羊が飛んできて
反った角と薄茶の胴体を振り
長くも短い日にちを過ごす
知ることを得ようと

太平洋高気圧が南下し大陸から来た高気圧の前線が列島に停滞し
雨季が到来する

それから

また
季節が
進み

月が接近しひときわ大きく象牙色に輝く日も
最終盤に全花火がさく裂し閃光と轟音にくらむ日も

どこかに
つゆ草が咲く大きな磨かれた石があるという

この地に居ながら
地上高く舞いあがり
山羊は旅立つ

背もたれを探しに

あとがき

水晶は日本の国石ということだが、個人的には祖父母が美しい印鑑を持っていた。それは今私が筆名と共に受け継いでいる。

現住地大阪市は、長い歴史があり、日常的に昔の名残を感じる。摂津国一之宮の「住吉大社」の裏の道端には、熊野参詣のため「熊野かいどう」と平仮名まじりで彫られた道標の石柱が根もとをうずめ、それは船着き場のあった天満橋から阿倍野を通り南へ続く道道でも見かけた。「通天閣」は昔、時計を持たない労働者のために朝八時から夜十時まで時報としてその数だけ鐘が鳴らされ、今に至ると聞く。幾度目かの改修中で、現在まだ全部はお披露目されていない。

市街の上には、さまざまな気象、自然現象が波打ち、人々の生命を取り囲み、時に強く心を捉えられる。

それにしても私達が白日の下、何からも逃げずに暮らせるのは何と有難い事であろうか。

森鷗外『高瀬舟』の「こん度お上で島にゐろと仰やつて下さいます。そのゐろと仰やる所に、落ち著いてゐる事が出来ますのが、先づ何よりも難有い事でございます。」(『筑摩現代文学大系4』)という「喜助」の言葉にも、設定状況は違うが共感する。私は今も、お上ではないが、何かの命で「ここにいろ」と言ってもらっている。非力な私だが残り時間をより腰をすえて進んで行きたい。

装幀には、ヒマラヤから来た青いケシの写真を使っていただいた。この花は札幌市の「百合が原公園」で知っていたのだが、インターネットを見て連絡し、そののち神戸市の「六甲高山植物園」から特にお送りいただいたものである。ライラック、仏語でリラも良い香りのしっとりした花だが、このケシのたたずまいには、秘めた深さが感じられる。

また、このたびは思潮社の竹林樹様、高木真史様に大変お世話になり心よりお礼を申し上げたい。

二〇二三年四月

近藤摩耶　こんどう・まや

一九四九年一月十四日生まれ
「銀河詩手帖」発行人　「歴程」同人
日本現代詩人会会員　日本文藝家協会会員
詩集に『可視光線透過率』（思潮社、二〇一五年）ほか、銀河書房刊多数

水晶空間《すいしょうくうかん》

著者
近藤摩耶《こんどうまや》
発行者
小田啓之
発行所
株式会社 思潮社
〒一六二−〇八四二 東京都新宿区市谷砂土原町三−十五
電話 〇三（五八〇五）七五〇一（営業）
〇三（三二六七）八一四一（編集）
印刷・製本
三報社印刷株式会社
発行日
二〇二三年五月十八日